Johann Philipp Moser

Deutschlands jetztlebende Volksschriftsteller in Bildnissen und Biographien

I. Heft: Enthält die Herren Hahnzog, Salzmann, Schlez, Steinbeck

Johann Philipp Moser

Deutschlands jetztlebende Volksschriftsteller in Bildnissen und Biographien
I. Heft: Enthält die Herren Hahnzog, Salzmann, Schlez, Steinbeck

ISBN/EAN: 9783743477100

Hergestellt in Europa, USA, Kanada, Australien, Japan

Cover: Foto ©Raphael Reischuk / pixelio.de

Weitere Bücher finden Sie auf **www.hansebooks.com**

Christian Ludwig Herzog

geb. 1757.

Christian Ludewig Habnzog,

Prediger zu Welsleben bey Magdeburg, ist geboren 1737 den 27 Septbr. zu Scharfenbrück einem Königlichen Vorwerk im Luckenwaldischen Kreise; der damals zum Herzogthum Magdeburg gehörte, jetzt aber der Kuhrmark, in der er liegt, einverleibet ist. Sein Vater war ein Wassermüller daselbst, ein Mann von guten Grundsätzen und dem alles daran gelegen war, dass seine Kinder in allen seinem Stande angemessenen Kenntnissen und besonders in der Religion gehörig unterrichtet würden. Im Orte war keine Schule, daher muste dieser sein Sohn vom fünften Jahre an, über Feld, eine gute Viertelmeile weit in eine Dorfschule gehen. Sein Vater hielt ihn mit Ernst an, diesen Weg alle Tage, bey gutem und schlechtem Wetter, in Gesellschaft einiger Taglöhnersöhne und eines Körbchens mit ein Paar Stücken Brodt und Käse oder Butter zum Mittag- und Vesperbrodt auf dem Rücken, hin und her zu thun. Der Schulmeister des Dorfs war ein Schneider. Von seinem Schneidergestell herab dirigirte er das ganze Schülerkollegium. Während der ganzen Schule führete er die Nadel, verwechselte sie aber unzählig oft mit einer dicken Ruthe, die er mächtig, wenn er gnädig strafen wollte, auf die Hände, gewöhnlich aber auf einen andern Theil

des

des Leibes in Bewegung fetzte und dabey gern Blut fahe, um es auf diefe graufame Art feinen Lernlingen begreiflich zu machen, dafs fie unrecht buchftabirt, gelefen, gefchrieben und die aufgegebene und auswendig gelernte Frage aus dem Katechismus nicht richtig hergefagt hätten. Nach einigen Jahren brachten ihn feine Eltern nach einem Städtchen auf die Schule, wo er bey feinen Grofseltern wohnte. Diefe Schule beftand aus einem Rektor und Kantor. Auch hier herrfchte die jefuitifche Methode im Unterricht und in der Difciplin. Im Jahre 1747. kam er zu feinen Eltern nach Berlin, wohin diefelben ihren Wohnfitz verlégt hatten. Hier gieng er ein Jahr in eine Winkelfchule, worin auch nur das Gedächtnifs höchft armfelig bewirthet wurde und der Stock magifter morum war. Diefer Schulmeifter war ein vollendeter Frömmling, und hielt, kraft feines Syftems, alle Kinder - und Jugendfreuden, als auf dem Eife glitfchen, baden, ballfchlagen und andere Spiele, für Sünde, daher denn Hahnzog als ein lebhafter und leichtfinniger Knabe, wegen jener Sünden beftraft, oft heulend und blutrünftig aus der Schule kam. Alfo herrfchte damals auf Dörfern, in Provinzialftädten und felbft in der Hauptftadt des Landes der ächte Barbarismus, dafs man allen Schulunterricht nur auf Gedächtnifskram einfcbränkte und an keine Verftandsbildung dachte und nur auf Stockprügel die fittliche Befferung baute. Heil unfern Zeiten, wo man einzufehen angefangen hat, dafs der Menfch Vernunft hat und nur die Entwickelung ihrer Fähigkeiten und Kräfte, und des moralifchen Gefühls beym Unterricht, zum Zweck hat.

Um diefe Zeit legte der fel. Oberkonfiftorialrath Hecker die noch blühende Realfchule, auf der Friederichsftadt an. In diefe Schule fchickten ihn feine Eltern, da fie ihnen nahe war. Der fel. Hecker hatte für feine Zeit ein feltenes Maafs von pädagogifchen Einfichten. Er richtete feine Schule gröfsten Theils zweckmäffig ein. Zwar wurde, wie auch billig und recht war, fehr fürs Gedächtnifs geforgt, zwar wohl mehr als nöthig war, aber das war Ton der Zeit und Hecker würde mit feiner neuen Schule wenig Beyfall gefunden haben, wenn er mit feiner Methode zuweit von der herrfchenden abgegangen wäre. — Doch wurde fchon etwas in den untern Klaffen, mehr aber in den obern, der Unterricht auf Verftandsbildung hingerichtet. Dies konnte Hahnzog damals als Knabe zwar nicht beurtheilen, aber fühlen konnte ers; ihm war dabey ganz anders als in den vorigen Schulen zu Muthe, er fühlte fich in eine ganz andere Schulwelt verfetzt.

Auf diefer Schule wurde er zur Akademie zubereitet. Er war zwar von feinen Eltern fürs Müllerhandwerk beftimmt. Dabey waren fie aber immer beforgt, dafs er zum Militärdienft würde hingenommen werden, denn er war kantonpflichtig und nach damaliger Sitte, bereits in der Wiege mit einem Enrollements-Pafs und einer rothen fteifen Binde verfehen worden und er fchien von Statur grofs werden zu wollen. Sein Vater entdeckte feine Beforgnifs dem damaligen Infpektor der Realfchule Herrn Hähn, der nachher Abt zu Klofterbergen bey Magdeburg wurde und als Oftfriefifcher Generalfuperintendent geftorben ift. Diefer rieth ihm, feinen Sohn ftudiren zu laffen, dies würde ihn vor dem Militär fichern. Diefer Rath wurde befolgt und er in feinem fechszehnten Jahre zum theologifchen Studium beftimmt. Er hatte damals noch keine gelehrten Vorkenntniffe. Sein Vater hatte nur drauf gedrungen, dafs er gut fchreiben und rechnen, etwas franzöfifch, latein und Geometrie und zeichnen lernen

nen follte, was ihm als künftigen Müller nützlich werden könnte. Durch feinen unermüdeten Fleiß und Betriebfamkeit arbeitete er fich doch in einem Zeitraum von drey Jahren zur akademifchen Reife hin.

Von feinen Lehrern, die freilich, wie bey folcher Anftalt zu erwarten ift, von fehr verfchiedener Güte waren, mögen hier nur zwey ausgehoben und namhaft gemacht werden, weil er dem einen faft alle feine Schulkenntniffe zu verdanken hat, und der andere jetzt eine grofse theologifche Rolle fpielt. Jener war Herr *Reinhart*, der vor einiger Zeit als Oberprediger und Infpektor zu Staßfurth im Magdeburgifchen geftorben ift. Er verband mit einem fanften und menfchenfreundlichen Charakter einen grofsen Reichthum von wiffenfchaftlichen und Sprachkenntniffen. Er war ein fleifsiger und treuer Lehrer und genofs ganz vorzüglich die Liebe und Achtung feiner Schüler. Er übte feine Primaner in freier Ausarbeitung fchriftlicher Auffätze, ohne dabey ängftlich auf die damals übliche Chrienform zu fehen, welche Befchäftigung eine auf den mehrften Schulen damals noch ungewöhnliche Sache war. Der andere Lehrer war Herr *Hermes*, der fich vom Landprediger durch verfchiedene Stufen bis zum Königl. Preufsifchen Oberkonfiftorial - und Oberfchulrath hinaufgefchwungen hat, und jetzt als Direktor der Ober-Examinazions-Kommiffion und als Vollftrecker des Preufsifchen Religionsedikts von 1788 zu Berlin angeftellt ift, und fich darin bisher fehr eifrig und thätig gezeigt hat. Hahnzeg het ihn an vier Jahre zum Lehrer in der Philofophie, Logik und Rhetorik gehabt. Er war ein junger Mann von Genie, von fanftem, freundlichem und gefälligem Wefen und der dabey feinen Uiberzeugungen und feinem Fürwahrhalten das Lob und den Tadel der Menfchen aufopferte. Er zeichnete fich damals

durch

durch ein erſtaunliches Gedächtniſs aus, denn er lernte in einigen Monaten die franzöſiſche Sprache von vornen an, bis zum Verſtehen, Schreiben und Sprechen und zeigte ſich würdig dem Julius Cäſar an die Seite geſtellt zu werden, deſſen Biographen das Gedächtniſs dieſes Diktators bis zum Wunder erheben, da er ſieben Briefe verſchiedenen Inhalts an eben ſo viel Schreiber, Zeile vor Zeile zu gleicher Zeit diktirte. Herr Hermes diktirte ſieben Schülern, auf eben dieſe Art, ſieben verſchiedene Briefe, und dabey war nichts verwechſelt, jeder Brief hatte Zuſammenhang, Ordnung und Verſtand.

Oſtern 1756 wurde unſer Hahnzog zur Akademie für reif erkläret und er bezog die Univerſität zu Halle. Hier hörte er in den theologiſchen Wiſſenſchaften einen Baumgarten, Knapp und zuletzt den noch lebenden Herra D. Nöſſelt; in den orientaliſchen Sprachen B. Michaelis und Stieberitz; in der Philoſophie und Mathematik Webern u. ſ. w. Dabey war er zwey Jahre Lehrer am dortigen Waiſenhauſe erſt in der deutſchen und darauf in der lateiniſchen Schule. Michaelis 1758 verließ er Halle und ward Hauslehrer bey einem Oheim zu Zehdenick in der Ukermark. Johannis 1759 wurde er ganz unerwartet auf ungeſuchte Empfehlung zum Lehrer der Familie des Königl. Staats- und Juſtiz-Miniſters Herrn von Bismark nach Berlin berufen. Für dieſen Ort hatte er eine Vorliebe, weil er hier den größten Theil ſeiner Jugend- und Schuljahre verlebt hatte. Hier, bey einem Zuſammenfluſs von ſo vielen Gelehrten und Kandidaten hatte er Gelegenheit, ſein Fach zu ſtudiren, ſich überall in der Literatur zu üben und ſich Welt- und Menſchenkenntniſs zu ſammlen. Hier übte er ſich im Predigen, und die Muſter, nach denen er ſich zu bilden ſuchte, waren ein Dietrich, Bruns, Cube &c.

Mi-

Michaelis 1763 verliefs fein Herr Prinzipal den königlichen Dienft und begab fich auf feine Güter in der Altmark und lebte zu Brieft in der Tangergegend jener Mark. Hahnzog gieng mit, ohnerachtet ihm der fel. Hecker eine Lehrftelle auf feiner Realfchule anbot. Er gieng bewogen, theils durch die Hoffnung, die ihm fein Herr Prinzipal zu einer gewiffen endlichen Verforgung machte, theils durch die Liebe zu feinen guten Zöglingen, die ihm auch das Unangenehme feiner Verfetzung aus der Hauptftadt in ein kleines und ifolirtes Dörfchen durch ihre Liebe und Anhänglichkeit vergüteten. Immer noch bedauert er den zufrühen Verluft feiner beyden trefflichen Zöglinge, von denen der ältere im Militärdienft und der jüngere als Königl. Staats- und Finanz-Minifter zu Berlin, zufrüh fürs Vaterland, die Seinigen und für ihn verftarben. Aber noch eine feiner Schülerinnen lebt, fie, fein Stolz und feine Freude und zärtlichfte Freundin, die wegen ihrer edlen Seele, ihres menfchenfreundlichen Charakters und wegen ihrer durch ihre treffliche Erziehung fo liebenswürdig gewordenen zahlreichen Familie fo bekannte und gefchätzte Frau Oberftin Gräfin von der Schulenburg zu Angern ohnweit Magdeburg. Die lebt noch. Gott erhalte fie! Oftern 1766 war fein jüngfter Schüler 16 Jahr alt und wurde nach einer öffentlichen Schule gebracht. Gerade um die Zeit wurde die Pfarrftelle zu Welsleben vakant. Diefe Stelle war fchon feit einigen Jahren einem anderweitigen Prediger verfprochen worden. Aber auch diefer ftarb einige Monate nach jenem und die Vorfehung zeigte damit, dafs fie diefe Pfarre für Hahnzog beftimmt habe, fie wurde ihm auch von deren Patron, dem Domkapitul des hohen Stifts zu Magdeburg deffen Mitglied fein Herr Principal war, konferirt.

Michaelis 1766 trat er hier fein Amt an. Er that es mit dem veften Vorfatz Guts zu wirken. Religion und
Tugend

Tugend zu befördern. Bey diefer zahlreichen Gemeine fand er viel aufzuräumen, denn fein Vorfahrer ein fonft rechtfchaffener Mann war in feinen letzten Lebensjahren durch Alter und Schwachheit, durch häusliches Familienherzeleid und Gram und vorher fchon durch Zänkereien mit den Schulleuten von Muth und Kraft heruntergekommen, fo dafs manche Unordnung und Immoralität hervorgegangen war — fonft herrfchte in der Gemeine durchgängig das Vorurtheil, dafs das Chriftenthum in Zeremonien und Andachtsübnngen beftünde. Befonders auffallend war ihm der unvernünftige Aberglaube von Teufelsgewalt über die Menfchen, von Hexen, Kobolt und Gefpenftern. Er arbeitete öffentlich und befonders wider alle jene Irrthümer und Thorheiten, und fahe fich veranlafst feine Predigten wider den Aberglauben der Landleute herauszugeben.

Im Jahre 1768 verheirathete er fich mit Jgfr. Elifabeth Concordie Rötgern, einer Predigertochter aus dem nicht weit entfernten Dorfe klein Germersleben. Diefe Ehe wurde mit 11 Kindern gefegnet, von denen noch 3 Söhne und 4 Töchter am Leben find. Das Glück eine fo gute Gattin zu haben, an feinen Kindern fchon Freude zu erleben und Hoffnung zu noch gröffern zu haben, erleichtern ihm die Befchwerden des angehenden Alters.

Uibrigens hat er auf feinem Poften in der Schule und Kirche, bey der Jugend und den Erwachfenen möglichft Gutes gewirkt, Befferung und Tugend zu befördern gefucht. Der Nutzen davon ift nur erft wenig fichtbar. Er fchmeichelt fich aber, dafs der gute Saame, noch nach feinem Tode wachfen und Früchte bringen werde.

Seine Schriften, die er durch den Druck ins Publikum hat ausgehen laffen, find folgende:

1. Pre-

1. Predigten wider den Aberglauben der Landleute. Magdeburg bey Scheidhauer 1783.

2. Patriotifche Predigten zur Beförderung der Vaterlandsliebe für die Preusfifchen Unterthanen. Halle bey Hemmerde 1785.

3. Volksreden über die Evangelien zum Vorlefen beym öffentlichen Gottesdienft. Magdeburg bey Scheidhauer 1786.

4. Volksreden über die Epifteln &c. &c. Erfurth bey Keyfer 1791.

   NB. No. 3. u. 4. hat er mit dem jetzigen Herrn Infpektor Zerrenner zu Derenburg im Halberftädtifchen gemeinfchäftlich ausgearbeitet.

5. Mehrere Auffätze und Rezenfionen in verfchiedenen Magazinen, Journalen &c.

Christian Gotthilf Salzmann

geb 1744

nach E.O. Schmidt von C.W. Bock. 95

Christian Gotthilf Salzmann.

Direktor der Erziehungsanstalt zu Schnepfenthal.

ist den 1sten Jun. 1744 zu *Sömmerda*, im Erfurtischen, gebohren, wo sein Vater, Johann Christian Salzmann, damals
Diaconus, hernach Pastor an der Bonifaciuskirche war, der
endlich als Pfarrer an der Raths- und Prediger Kirche zu
Erfurt starb.

Seinen ersten Unterricht empfieng er theils von seinem seel. Vater, theils in der Schule zu Sömmerda. Dann
frequentirte er von 1756 — 58 die Schule zu Langensalza,
an welcher damals als Rektor, *Meiner*, und als Konrektor
der jetzige Rektor zu Arnstadt, *Lindner*, standen. Als
sein Vater nach Erfurt berufen wurde, folgte er ihm dahin,
besuchte aber das dortige Gymnasium nicht, sondern erhielt
anfänglich Privatunterricht, hernach hörte er akademische
Vorlesungen, vorzüglich bey dem D. Vogel über morgen-
ländische Sprachen. 1761 gieng er nach Jena, wo er Philosophie bey Polz und Daries, Philologie bey dem jüngern
Walch, orientalische Sprachen bey Tympe, Dogmatik bey
Polz, Polemik bey Köcher, Kirchengeschichte bey Walch,
und Hermenevtik bey Zikler, hörte. 1764 gieng er nach
Erfurt zurück, wo er als Kandidat bey dem Senior Beßler
noch einige Jahre über die symbolischen Bücher hörete.
(der Senior in Erfurt ist zugleich Prof. der Augsb. Kon-
fession, und muß den Kandidaten wöchentlich einige Stunden Vorlesung halten.)

1768 wurde er Pfarrer zu Rohrborn, einem Erfurtischen Orte, wo er sich mit der Tochter eines benachbarten Predigers, Jungfer Sophie Schnell, verheyrathete.
Während seines Hierlebens hielt er mit drey benachbarten
Predigern eine wöchentliche Disputationsübung über die
Dogmatik, welches ihm Gelegenheit gab, über die Sätze
derselben reiflicher nachzudenken. Seine ruhige, einsame
Lage, in welcher er sich 4 Jahre befand, schaffte ihm hin-
längliche Muse zum Selbstdenken, und zur Entwerfung eines eignen Systems. Von hier wurde er 1772 als Diako-
nus an die Andreaskirche in Erfurt gerufen, und bald darauf auch zum Pastor erwählet. Hier zeigte sich seine
Nei-

Neigung zur Pädagogik und zum zweckmäfsigem Jugendun-
terrichte, durch feine eifrigen Bemühungen für das Befte
der feiner Aufficht anvertrauten Schulen, fchon in dem
vortheilhafteften Lichte; und er war um fo viel eher im
Stande, im Stillen Gutes zu ftiften, und Verbefferungen
zu bewirken, da es fich gerade traf, dafs fein Bruder,
Chriftian Andreas Salzmann, der jezt Prediger zu Berlftedt
im Erfurtifchen ift, damals Rektor an der Andreasfchule
war, ein Mann der feine Schularbeiten nicht blos aus Pflicht,
fondern auch aus Neigung trieb, und daher jedem guten
Vorfchlage mit Vergnügen die Hand bot. — Zu gleicher
Zeit hatte er eine Gefellfchaft von Kandidaten, die unter
feiner Leitung lateinifche Auffäze über theologifche Materien verfertigten, und fo zum Nachdenken und Urtheilen
angeführt wurden.

Seine Vorliebe zu pädagogifchen Arbeiten und Wiffenfchaften bewog ihn, 1781 einen Ruf nach Deffau als Liturg
und Profeffor am dortigen Philanthropin anzunehmen, wo
er bis 1785 blieb, und fich dann in Schnepfenthal, drey
Stunden von Gotha, am Thüringerwalde, niederliefs, um
eine Erziehungsanftalt zu gründen, die feinen bisherigen,
durch Nachdenken und Erfahrungen gefammleten Kenntniffen
und Grundfätzen entfpräche, und bey der er verfchiedne
bisher genährte und geprüfte Lieblingsideen realifiren könnte.

So grofs auch die Schwierigkeiten waren, die er hier-
bey zu überwinden hatte, fo überwand er fie doch alle,
theils durch die Unterftützung des fehr gnädig gegen ihn
gefinnten Herzogs Ernft zu Gotha, und anderer Freunde;
hauptfächlich aber durch feine gewöhnliche Ausharrung bey
einmal mit Ueberlegung gefafsten Entfchliefsungen, durch
feftes auf das Bewufstfeyn feiner guten Abfichten gegrün-
detes Vertrauen auf die Vorfehung, durch immer fortge-
feztes ernftliches Nachdenken über die zur Erreichung feines Zwecks am beften wirkenden Mittel, und endlich auch
durch den unermüdeten Beyftand feiner Gattinn, der nun-
mehr durch feine erwachfenen Kinder verftärkt wird, von
welchen feine ältefte an Herrn Lenz verheyrathete Tochter
bereits Unterricht in der Naturgefchichte ertheilt und fein
ältefter Sohn, als Bereuter angeftellt ift, und ihn bey den
Erziehungsgefchäfte unterftüzt, fo dafs fich die Erziehungsanftalt jezt in blühendem Zuftande befindet, 8 Lehrer und 40

Zöglinge hat, darunter sich verschiedene Ausländer aus der Schweiz, Dännemark, Holland und Rußland befinden.

Als Vorzüge dieser Erziehungsanstalt betrachtet Hr. S.

1) die gesunde Lage,

2) die Entfernung von der Stadt,

3) körperliche Arbeiten und Leibesübungen, durch welche Mittel die Zöglinge eine so feste Gesundheit erhalten, daß sie fast nie krank werden,

4) daß der erste Unterricht anschaulich ist;

5) daß jeder Zögling sein Taschengeld durch Führung gewisser Aemter sich selbst erwirbt;

6) daß er stets unter ihnen wie ein Vater unter seinen Kindern lebt;

7) daß jeder Lehrer sein eignes Fach zu bearbeiten hat, und sich also darin leicht vervollkomnen kann, daß daher Männer bereits hier arbeiten, die sich in ihrem Fache sehr zu ihrem Vortheile auszeichnen. Z. E. *Bechstein* in der Naturgeschichte, *Gutsmuths* in der Geographie und Statistik, *Lenz* in der Lateinischen und Griechischen Sprache, *La Serre* in der Französischen, *Rosenberg* in der Musik, *Alberti* in der Geschichte.

Auch hat er das Vergnügen zwey junge Hoffnungsvolle Männer, die in seiner Anstalt ihre erste Bildung erhielten, als Lehrer an derselben angestellt zu sehen: *Ausfeld*, als Lehrer der Mathematik, und *Buddeus*, als Zeichenmeister.

Seine Schriften sind:

1) Predigten für Hypochondristen, Gotha 1779.

2) Beyträge zur Aufklärung des menschlichen Verstandes in Predigten, ebend. 1780.

3) Unterhaltungen für Kinder und Kinderfreunde, 8 Bändchen, Leipz. 1780 — 87.

4) Ueber die wirksamsten Mittel, Kindern Religion beyzubringen, Leipz. 1780. Neu Aufl. 1787.

5) Anweisung zu einer zwar nicht vernünftigen aber doch modischen Erziehung der Kinder, 1ste Ausg. Erf. 1781. 2te umgearbeitete und vermehrte, unter dem Titel: Anweisung zu einer unvernünftigen Erziehung der Kinder, 1788.

6) Moralisches Elementarbuch, 1ster Th. 2ter Theil. Lpzg. 1782. 1783.

7) Got-

7) Gottesverehrungen, gehalten im Betſaale des Deſſau-
iſchen Philanthropins, 1ſte — 4te Samml. 1781. ff.
8) Karl von Karlsberg, oder über das menſchliche Elend
1ſter — 6ter Th. Ebend. 1783.
9) Noch etwas über die Erziehung, nebſt Ankündigung
einer neuen Erziehungsanſtalt. Lpzg. 1784.
10) Nachrichten aus Schnepfenthal. für Kinder. Schnepfenthal 1785.
11) — — für Aeltern und Erzieher. Leipz. 1786.
12) Verehrungen Jeſu, gehalten im Betſaale des Deſſaui-
ſchen Philanthropins. Lpzg. 1784.
13) Beyträge zur Verbeſſerung der Liturgie von Hermes,
Fiſcher und Salzmann, Leipz. 1ſter Bd. 1786. 2ter Bd. 1787.
14) Gottesverehrungen, gehalten zu Schnepfenth. Lpz. 1788.
15) Ueber die heimlichen Sünden der Jugend. Schnepf. 1785.
16) Ueber die Erlöſung der Menſchen vom Elende durch
Jeſum, 1ſtes Buch, Leipz. 1789, 2tes Buch 1790, wird
unter dem Titel: Ludwig von Karlsberg fortgeſetzt.
17) Reiſen der Salzmanniſchen Zöglinge, 6 Bände. Lpz.
1784 — 1788.
18) Der Bote aus Thüringen 7 Jahrg, von 1788 — 94.
19) Sebaſtian Kluge, ein Volksbuch. Lpz. 1790.
20) Conſtants curioſe Lebensgeſchichte und ſonderbare Fa-
talitäten. Lpzg. 1791 — 93.
21) Auserleſene Geſpräche aus dem Thüringer Bothen.
Lpzg. 1791.
22) Revolutionsgeſpräche. 1794.
23) Chriſtliche Hauspoſtille. Schnepfenth. u. Frft. 1792—94.

Auch hat er folgende Preisſchriften veranlaſt.

1) Iſt's Recht, die Erklärungen der Menſchen von der Lehre
Jeſu zu Glaubensartikeln zu machen? von Htn. Weland
in Braunſchweig. Lpzg. 1787.
2) Ueber die Schädlichkeit der Schnürbrüſte, vom Hrn.
Hofrath Sömmering zu Maynz.
3) Ueber die wirkſamſten Mittel dem Geſchlechtstriebe eine
unſchädliche Richtung zu geben, vom Prediger Bauer
zu Frohburg.

Ein groſser Theil der hier verzeichneten Schriften hat
neue Auflagen und leidige Nachdrucke erlebt.

Johann Ferdinand Sch!§

geb. 1759.

Johann Ferdinand Schlez

Pfarrer in dem Freyadelich Voit von Salzburgifchen Marktflecken
Ippesheim in Franken, gebohren dafelbft am 27 Jun. 1759.

Mein feliger Vater, *Johann Conrad Schlez*, Pfarrer und
Senior zu Ippesheim, lebte mit meiner lieben Mutter,
Johanna Sophia, einer gebohrnen *Supfinn* aus Windfpach,
in der dritten Ehe. Vier Kinder aus der erften, wurden
durch fie mit noch dreyen vermehrt, unter welchen ich
das ältefte bin. Mein Vater, ein ehrlicher und gerader
Mann, ein gründlicher Kenner und eifriger Verfechter
des Kirchenfyftems, war zwar in den gewöhnlichen Schul-
fprachen fehr gut bewandert; aber bey all feinem Wif-
fen, wegen eines zu hitzigen Temperaments, doch nicht zum
Lehrer und Erzieher feiner Kinder gefchaffen.

Meine Mutter, von fanfterer Gemüthsart, von auf-
gewecktem Kopfe, und von mannichfaltigen Kenntnifsen,
wufste hingegen einen grofsen Theil deffen wieder gut
zu machen, was der Vater aus Hitze verdarb, ohne
jedoch uns Kinder merken zu laffen, wie unzufrieden fie
mit der väterlichen Erziehungsart wär. Ihr verdanken
wir alles, was erfte Bildung heifst. Durch unermüdeten Fleifs in Aufäufnung der, bey ihrem Eintritte ziemlich verfallenen, Wirthfchaft, befonders durch einen
kleinen Weinhandel, den fie auf ihre Privatrechnung trieb,
machte fie fich auch um unfer anderweitiges Fortkommen
fehr verdient. Mehr mütterliche Liebe, Sorgfalt und wei-

fe

se Strenge, habe ich nirgends vereint gefunden, und mein Herz schlägt allezeit hoch auf, bey ihrem mir ehrwürdigen Namen. Sie lebt noch, und erfreut sich bey ihren beyden Töchtern, (deren eine an den Hofkammerrath und Amtmann *Geyersbach*, die andre an den Pfarrer *Muck*, beyde zu *Euerbach* bey Schweinfurth, verheyrathet sind) eines thätigen und glücklichen Alters.

So bald nur die ersten Spuren des erwachenden Verstandes sich zeigten, fieng sie schon an, mich durch ihre Unterhaltungen zu belehren und von rohen Gassengesellschaften zurückzuziehen. Bey meinen Kinderspielen bewies ich viele Geschicklichkeit und einen nie rastenden Thätigkeitstrieb. Von allem, was ich sah und hörte, wollte ich unterrichtet seyn. Ein Bild, oder eine Nürnberger Spielwaare, unterhielten stundenlang meine Aufmerksamkeit, und die Lebhaftigkeit, mit der sich meine Empfindungen dabey ausdrückten, bewies, wie durchdrungen ich von jedem Gegenstande war, der meinen Beobachtungsgeist fesselte.

Die schönen Hoffnungen aber, zu denen sich meine Aeltern dadurch berechtigt glaubten, schienen nach kurzer Zeit eitle Träume zu werden. Bey den ersten Versuchen, mir einige Lieder- oder Bibel-Verse beyzubringen, zeigte sich in mir eine solche Zerstreuung, und, als Folge derselben, ein so schwaches Wortgedächtnis, daß das ganze Haus des Vorsagens oft müde war, ehe ich das Sprüchelchen behielt. Aufträge richtete ich gewöhnlich nur halb, oder gar falsch aus, wenn ich mich ihrer nicht sogleich wieder entledigen konnte; denn tausend Bilder drängten und verdrängten sich beständig in meinem Kopfe. Ein einziges Wort erregte nicht selten eine ganze Kette von Nebengedanken, über denen ich die Hauptsache ganz aus dem Gesichte verlohr. Eben diese Zerstreuung

ſtreuung erſchwerte mir in der Folge das Leſen und die Anfangsgründe fremder Sprachen. Keine Minute vergieng indeſs, in der ich nicht *gedacht* hätte, und was ich dachte, das erfüllte mich ganz. Ein weiſer Lehrer, der nicht blos mein, bis heute noch ſehr untreues, *Wortgedächtniſs*, ſondern meinen *Verſtand* beſchäftigt, und die Verbalmemorie auf das Realgedächtniſs gebaut hätte, würde daher doch vielleicht *viel* mit mir ausgerichtet haben. Mein ſel. Vater aber, welcher den Stecken für ein Univerſal-Remedium in der Pädagogik, und das Wortgedächtniſs, für das höchſte Talent des menſchlichen Geiſtes hielt, nahm gerade zu den verkehrten Mitteln ſeine Zuflucht. Faſt täglich thürangelte er mich etlichemal herum, und verleidete mir dadurch alles, was einem Buche, oder einer Bücherweisheit ähnlich ſah. Ich war Maler, Jäger, Drechsler, Marionetten-Schnitzer und Spieler, Gärtner, und was ſonſt meine Phantaſie reizte; nur meines Vaters Schüler war ich nicht.

Noch kann ich keine griechiſche Grammatik ſehen, ohne mich der Schläge zu erinnern, die mir das τύπτω eintrug. Soll ich dich τύπτειν? hieſs es ſchon in der erſten Stunde, und dieſe Drohung gieng auch ſogleich in Erfüllung. Heute noch erregen die Paradigmen קטל und τύπτω, welche ganz den Geiſt des alten Schul-Despotismus athmen, einen geheimen Unwillen in mir, ſo wie ich ſchon als Knabe den ſel. Lange lieb gewann, welcher ein amo, doceo, lego und audio zur erſten Conjugations-Uebung erkohr.

Im Jahre 1773 kam ich, ziemlich ſchlecht vorbereitet, auf das Gymnaſium nach Windsheim. Der damahlige Rector *Diez* nahm mich in ſeine Claſſe, und das Hospital, in welchem die Alumnen, unter die ich aufgenommen wurde, unentgeldlich geſpeiſet werden, in die Verpflegung.

Die

Die tägliche Koft, (welche ietzt in Anfehung der Zubereitung verbeffert feyn foll) war damahls fo fchlecht und zuweilen fo ekelhaft, dafs ich oft mehrere Tage mit blofsem Brode vorlieb nahm. Bey der unordentlichen Lebensart blieb ich im Wachstbume fo fehr zurück, dafs ich fchon auf eine producible Mannsgröfse Verzicht gethan hatte, zu der ich doch noch von meinem 17n bis ins 19te Jahr heran wuchs.

So verderblich das Spital für meinen Leib war: fo verderblich waren das viele Chorfingen und die Claffe, in welche ich gefteckt wurde, für meinen Geift.

Als ein alter, oft mürrifcher Mann, hatte Diez nicht mehr die Herzen der Schüler in feiner Gewalt. In feiner Lehrart war er um ein halbes Jahrhundert zurück; der Gefchmack fand bey ihm mehr Abtödtung als Nahrung; feine Difciplin war orbilifch, ob er gleich den Meifter Backel nur felten gebrauchte; die Chorfchüler fah er als adoptirte Betteljungen an, denen er, wie es überhaupt damals in der Stadt Mode war, fehr herabwürdigend begegnete. Letzteres erfuhr befonders *ich*, da ich mich nicht entfchliefsen konnte, feinem Verlangen gemäfs, den Blauftrumpf, zum Nachtheile meiner Camaraden, zu machen. Rief er mich zum überfetzen oder antworten auf: fo fchickte er nicht felten eine Strafpredigt voraus, ohne noch zu wifsen, ob ich fie verdienen würde oder nicht; Dabey war er witzig in Erfindung elender Spitznahmen, und konnte, ganz natürlich nach einem folchen Vorfpiele, nichts gefcheides erwarten. Meine natürliche Zerftreuung gieng in gänzliche Verwirrung über, und manche geheime Thräne flofs mir über die Wangen, wenn ich mich unter folche Jünglinge herabgewürdigt fah, denen ich offenbar an Kopf und Kenntnifsen weit überlegen war. — Zeigte ich ein andermahl, bey ruhiger Faſſung, mehr Wiſſenſchaft, als er vermuthete, dann hiefs es: aus *Euch* (in dieſer Perſon pflegte er die meiſten Alumnen, bis zum Abzuge auf die Univerſität anzureden,) aus Euch wird entweder ein Thorſchreiber, oder Profeſſor! — zum einen qualificirt Ihr Euch heute, zum andern morgen.

Verderblicher als dieſs alles war indeſs für mich der Umſtandt, daſs ich zu frühzeitig in die oberſte Klaſſe genommen wurde. Man ſetzte hier, mit Unrecht, Kenntniſſe voraus, welche dem gröſsten Theile der damaligen Schüler noch abgieng, und ſo bekamen wir entweder ſchiefe, oder doch unbeveſtigte Ideen in den Kopf. Noch bis auf dieſe Stunde fühle ich die Verwahrloſung in den Grundlagen meines Wiſſens, und muſs täglich am verſäumten noch nachholen.

Dazu kam zum Ueberfluſse, daſs ich durch das viele Chorſingen, welches alle Wochen wenigſtens 12 Stunden verſchlang und eine Unaufgelegtheit zum Arbeiten jedesmahl zurück ließs, gehindert wurde, durch Privatfleiſs zu erſetzen, was dem öffentlichen Unterrichte abgieng; nicht zu gedenken, daſs man unter dem Geräuſche der Mitſchüler, dem die Alumnen gröſsten Theils ausgeſetzt waren, unmöglich das leiſten konnte, was auf einem einſamen Muſeo möglich iſt.

Die Armſeligkeit meiner Lage zu vollenden, wurde Rector Diez im Jahre 1776 von einem Schlagfluſſe gerührt, der ihn für ſein Amt ganz unfähig machte. Der zweyte Lehrer des Gymnaſiums vertrat ſeine Stelle, und einer von uns Obern die ſeinige. Inſubordination, Trägheit und jugendliche Ueppigkeit nahmen nun noch mehr über Hand; ich fühlte ſelbſt, daſs ich am Rande des moraliſchen Verderbens ſtand, und nahm daher, von dieſer Zeit an, mit noch ein Paar Freunden, Privat-Unterricht

in

in der griechischen und hebräischen Sprache , wie auch in den Anfangsgründen der Philosophie, bey dem damaligen Diaconus und nunmehrigen Decan und Stadtpfarrer *Speier.* Dieser junge, thätige und gelehrte Mann suchte nun durch Riesenschritte nachzuholen, was ich versäumt hatte. Meine physische und moralische Zwergheit war aber den Schritten meines Führers nicht gewachsen. Mein schwächstes Seelenvermögen, das Gedächtnis, wurde überladen; die vielen Chorgeschäfte hinderten mich an einer zweckmäßigen Vorbereitung; mein Muth erschlaffte; ich sann auf Finten, um die Aufmerksamkeit des Lehrers zu hintergehn, und hintergieng mich selbst.

Endlich sah ich mich in die Nothwendigkeit versetzt, meinen Aeltern aufrichtig zu gestehen, dafs aus mir *nichts* werden würde, wenn sie mich nicht bald in eine glücklichere Lage brächten. Sie beredeten sich daher mit einem benachbarten Prediger, der mit vielen Schulstudien ungemeine Lehrgaben verband, und mich in Kost und Unterricht zu nehmen versprach. An Leib und Seele verkrüppelt, kam ich also im Merz 1777 zu dem würdigen Freunde meiner Aeltern, dem Pfarrer *Barchewitz* in Herrenbergtheim. Herausgerissen aus dem Wirbel der mich verschlungen hatte, in der dörflichen Einsamkeit, unter den Augen eines jungen Mannes, der mich mit mehr als väterlicher Liebe behandelte, der unermüdet an mir arbeitete, sich zu meinen wenigen Kenntnissen herabliefs, meinen Ehrgeiz anspornte und meinen Verstand zugleich mit dem Gedächtnisse beschäftigte, wurde mir nun das Studiren auf einmal zur süßesten Pflicht. Ein leines Lob, das er mir beylegte, war mein höchster Lohn, und eine trübe Miene des braven Mannes, die empfindlichste Strafe. Ihm verdanke ich's , und so lange ich lebe wird mir sein Andenken so heilig seyn, als mir jezt feine Freundfchaft ift, dafs ich Oftern 1778 wenigftens, in Sprachkenntnifsen (mit wiffenfchaftlichen Gegenftänden konnte er fich, wegen Kürze meines Aufenthalts, nicht viel befaffen) ziemlich bewandert auf die Univerfität *Jena* gehen konnte.

An diefem mir unvergefslichen Orte fand mein Geift der fchon aus feinem Schlummer halb erwacht war, die reichlichfte Nahrung in allen Theilen der, in mein Fach einfchlagenden, Literatur.

Danov, *Eichhorn*, *Griesbach*, *Müller*, *Ulrich*, *Immanuel Walch* und *Wiedeburg* waren meine Lehrer, unter welchen ich den erften dreyen das meifte verdanke. *Danov* ift nur feinen vertrauteften Freunden und feinen aufmerkfamen Schülern, nach feinem ganzen Werthe bekannt. Schüchtern gemacht durch Verketzerungen, die er gleich im Anfange feines akademifchen Lehramtes erlitt, verklaufulirte und obfcurirte er in feinen fchriftftellerifchen Arbeiten alles zu fehr, als dafs diefe der richtige Maafsftab der Beurtheilung feines Kopfes feyn könnten. So dunkel er als Schriftfteller, befonders in lateinifchen Schriften war, fo deutlich entwickelte er alles in feinen mündlichen Vorträgen, fo wie er auch in diefen, befonders in feinen Vorlefungen über die fymbolifchen Bücher, wo er meift Veteranen vor fich hatte, viele Freimüthigkeit bewiefs.

Mit Vergnügen erinnere ich mich noch der Begeifterung, mit welcher mich Anfangs feine Vorlefungen über die Dogmatik erfüllten. Durch die leidige Theologie und Scholaftik, welche Rektor Diez in Windsheim docirt hatte, war mir das ganze theologfche Studium unausfprechlich ermüdend geworden, und der erfte Unterricht, welchen ich von meinem fel. Vater erhielt, hatte fchon den Grund zu der Meinung in mir gelegt, dafs die

Of-

Offenbahrung entweder der gesunden Vernunft gerade zu widersprechen, oder doch wenigstens für sie ganz unerreichbar seyn müsse.

Die Starkgläubigkeit und Distinguirkunst meines Vaters, hielt ich indefs für eine Frucht tiefer Einsichten in die Geheimnisse der Religion, und hoffte daher, durch den akademischen Unterricht, über alle Zweifel, die sich mir oft unwillkührlich aufdrangen, erhoben zu werden.

Wie erstaunte ich aber, als ich auf meiner neuen Laufbahn verschiedene Lehrmeynungen, deren Bezweiflung ich für grundstürzend hielt, in einem ganz andern Liebte sehen lernte, und von sogenannten Irrlehrern und ihren Absichten ein ganz anderes Urtheil. fällen hörte!

Ich fühlte mich wie ein Gefangener, der die Fesseln von der Hand streift und aus dem dumpfigen Kerker auf einmahl in die freye Sonne tritt. Mein stärkeres Seelenvermögen, der Geist der Untersuchung, erwachte nun ganz aus seinem Schlummer. Angriffe auf verjährte Lehrmeynungen, hatten, wegen ihrer Neuheit, doppelten Reiz für mich, und der Sieg derselben über meine bisherigen Vorstellungen, war um so leichter, je verwirrter und hyperorthodoxer dieselbigen bis dahin waren. Bald fieng ich an, an meinem ganzen Systeme zu zweifeln und dagegen alles für entschieden anzunehmen, was ihm widersprach. Mit unermüdeter Thätigkeit sammelte ich, was ich zur Bestreitung der kirchlichen Lehrmeynungen aufraffen konnte, und wiefs dagegen alles, was zu ihrer Vertheidigung diente, mit Verachtung von der Hand, bis die erste Hitze abgekühlt war.

Mit gleichem Enthusiasmus, den ich für meine neuen theologischen Begriffe hegte, wurde ich um eben diese Zeit auch für die schöne Literatur, besonders für

die

die der Deutfchen, erfüllt. Vor meiner Abreife auf die
Univerfität war noch kein vaterländifcher Dichter in meine
Hand gekommen. Mein deutfcher Stil war äufferft fchroff
und uncorrekt, und meine Empfindung beym Lefen der
Claffiker nicht angenehmer, als die Ueberfetzung, die
ich mir von ihnen dachte. Bald nach meiner Ankunft
in Jena las aber Eichhorn öffentlich über Horazens Oden.
Hingeriffen von der Eleganz feines Ausdrucks und von
feinen feinen äfthetifchen und philologifchen Bemerkungen,
trug ich nun meinen Horaz auf allen einfamen Spazier-
gängen herum, und machte mich von der Zeit an auch
mit der deutfchen Literatur vertrauter.

Mit diefer leidenfchaftlichen Vorliebe für Schöngei-
fterey und theologifche Reformen kam ich im Herbfte
1780 von der Univerfität zurück. Meine erften Predigt-
Verfuche waren voll fchönen Klingklangs, und unbe-
greiflich fchien es mir, wie meine Bauern fo ganz ge-
fühllos bey fo fchönen Bildern und Floskeln feyn konn-
ten ; noch unbegreiflicher, dafs von allem, was ich
fagte, in den Köpfen meiner Zuhörer nicht eine Sylbe
hängen blieb; denn bey den fonntäglichen Katechifationen machte ich gleich anfangs die traurigften Erfahrungen von der Nutzlofigkeit meiner Vorträge. Bald
aber bewürkten eben diefe Katechifationen auch die heil-
fame Ueberzeugung in mir, dafs der Grund des Nicht-
verftehens wohl mehr in dem Prediger als in den Zu-
hörern liegen müfse.

Ich fieng an, mich auf einmahl herunter zu ftim-
men. Von der Zeit an hatte ich aber auch Gelegenheit
traurige Erfahrungen von ganz anderer Art zu machen.
Das Volk bemerkte nun erft verfchiedne Abweichungen
von den allzu ftrengen Lehrmeynungen meines Vaters,
mit welchem auch faft alle Tage theologifche Contro-
verfen

\ verfen zu Haufe vorfielen, in welchen er die Gerechtig-
keit feiner Sache, nicht felten, mit Schmähungen auf
mich und meine Gewährsmänner verfocht. Einige Ze-
loten bemühten fich, gründlichere Erklärungen biblifcher
Stellen und andere freymüthige Aeufferungen, die ich
mir erlaubte, als feelenverderblich zu verfchreyen.

Verftümmelt und aus dem Zufammenhange geriffen,
trug man Bruchftücke aus meinen Vorträgen in der Gegend herum, und ehe ein Jahr vergieng, war ich als
der gefährlichfte Neuerer verrufen. Vielleicht würde
ich manches durch die Einkleidung gemildert haben,
wenn nicht mein fchwaches Wortgedächtnifs, bey den
vielen Amtsarbeiten, mit denen ich, gleich nach meiner
Heimkunft von der Univerfität, überhäuft wurde, mir's
zur Nothwendigkeit gemacht hätten, blos nach Skizzen
zu predigen und die Wahl des Ausdrucks allein der Ge-
genwart des Geiftes zu überlaffen, welche freylich dem
Anfänger nicht immer fo ganz zu Gebothe fteht, wie
dem geübten Prediger.

Ein Glück für mich war es indefs, dafs ich mir in
Jena eine Sprachgewalt erworben hatte, die mich in den
Stand fetzte, auf das Wortgedächtnifs, bey meinen Predigten, Verzicht thun zu können, ohne darum merk-
liche Blöfsen zu geben.

Weit nachtheiliger war für mich der Feuereifer,
mit dem ich alles betrieb. Nichts wollte ich der Zeit
und Gewohnheit überlaffen. Durch die Stärke meiner
Gründe hoffte ich über alle Schwierigkeiten zu fiegen,
ohne zu überlegen, dafs erft eine Empfänglichkeit für
die Stärke der Beweife da feyn müffe, ehe man fich von
ihnen einen Sieg verfprechen darf. Die Amtsklugheit
hätte mich lehren follen, das Auffallende ungewohnter

M2-

Materien und Behauptungen so viel möglich zu mildern. Das falsche Zutrauen aber in die Macht der Gründe, verleitete mich, durch genaue Entwickelung des Streitpunkts, das Auffallende nur zu vermehren. Dazu kamen noch allerley Reformen im kirchlichen Ritual, welche dem schwächern Theile des Volks um so mehr auffielen, da dergleichen jener Zeit in der Gegend ganz unerhört waren.

Freylich fand ich in der Gemeine sehr bald auch meine Anhänger; die Zahl derselben aber war gegen die ihrer Bestreiter viel zu gering, als daß sie mich gegen Beleidigungen des empörten Theils hätten sichern können, wenn nicht ein gutes Vorurtheil *für mein Herz* meine Schutzmauer gewesen wäre.

So war die Lage der Dinge, als mein Vater im Jahre 1782 bey dem verstorbenen Freyherrn *von Hutten* um meine Adjunktur nachsuchte, weil er durch mehrmalige Schlagflüsse sich außer Stand sah, dem Amte vorzustehen. Das laufende Gerüchte von meinen Irrmeynungen, und von Mangel an Amtsklugheit, war indeß längst vor die Ohren des Gutshserrn gekommen, und gewisse Leute hatten es sich zum Geschäfte gemacht, ihm alles unter einem falschen Gesichtspunkte vor die Augen zu rücken. Statt der gehofften Beysetzung an die Seite meines Vaters, erfolgte, unter einer Menge von Bedingnissen (die sämmtlich ihren Bezug auf geistliche Gravität, Amtsklugheit und Reinigkeit der Lehre hatten,) nur im allgemeinen die Zusicherung einer Versorgung nach meines Vaters Tode.

Kaum vermochten die Ueberredungen meiner lieben Mutter mich von dem Entschlusse zurück zu halten,

die

die Buchhandlung zu erlernen und der Theologie auf immer gute Nacht zu geben. Unter dem Titel eines Collaborators stand ich nun bis ins Jahr 1783, in welchem der oben erwähnte Herr geheime Rath von Hutten starb.

Seine verehrungswürdige Frau Gemahlinn, welche noch in Nürnberg lebt und ein von ihrem sel. Herrn gestiftetes Fräuleinstift errichtet, besuchte bald nach seinem Tode eine meiner Predigten. Durch diese Predigt noch mehr in der Ueberzeugung bestärkt, daß die Verläumdungsfucht von je her weit größern Antheil an meinen Verunglimpfungen müsse gehabt haben als die Wahrheit, ermunterte sie mich, nun bey der (bald darauf ebenfalls verstorbenen) Schwester ihres Herrn Gemahls, der Frau von Voit zu Erlangen, an welche das Dorf Ippesheim gefallen war, um förmliche Einsetzung in das Amt anzuhalten.

Ein Empfehlungsschreiben von ihrer Hand, mit welchem sie, ohne mein Vorwissen, meiner mündlichen Bitte zuvorgekommen war, erleichterte mir den Eingang so sehr, daß ich das Decret ohne alle Schwierigkeiten, unter schmeichelhaften Versicherungen erhielt. Am Tage ihrer Huldigung wurde ich von dem neu erwählten Beamten, der nur eine Stunde zuvor selbst in Pflicht war genommen worden, der Gemeine öffentlich vorgestellt.

Jezt begannen für mich, sowohl durch die Freundschaft des rechtschaffenen neuen Amtmann *Schneiders*, als auch durch die Beseitigung mehrerer ungünstigen Verhältnisse, glücklichere Tage. Zwar suchten noch einige wenige Mitglieder der Gemeine eine Zeitlang bey benachbarten Predigern die Befriedigung ihres Kanzelgeschmacks;

fchmacks; bald aber verlohr fich auch diefer, und all-
mählig wurde eine gewiffe Gefchmeidigkeit und Fügung
in alle zweckmäfsigen Abänderungen, zur herrfchenden
Tugend.

Wir lernten einander täglich beffer verftehen, und
ein Nachfolger, der wieder einführen oder abbringen
wollte, was ich abgefchafft oder eingeführt habe,
würde härtere Kämpfe beftehn müffen als ich.

Im Jahre 1788 ftarb mein lieber Vater nach öfters
erlittenen Schlagflüffen. Bis dahin war die Haushaltung
ungetrennt geblieben. Meine Privatausgaben konnte ich
grofstentheils von meinem Schriftfteller - Erwerb beftreiten,
und fo fühlten wir nichts von den Ungemächlichkeiten einer
getheilten Wirthfchaft. Gleich nach feinem Tode zog
meine jüngere Schwefter als Pfarrerinn nach Euerbach
ab, wohin ihr meine Mutter, auf ihre und ihres Mannes Bitte, nach etlichen Monaten nachfolgte. Die ältere Schwefter führte nun meine Hauswirthfchaft.

Im Frühlinge 1792 verheyrathete fie fich ebenfalls
an den damahligen Churmainzifchen Finanzfecretär Geyersbach, welcher, nach der Uebergabe der Stadt Mainz an
die Franzofen, auswanderte und die eben erledigte Amt-
mannsftelle in dem gedachten Euerbach übernahm. Im
Mai 1793. war auch ich fo glücklich, in meiner *Johan-
ne*, der mittlern Tochter des Hofprediger und Confifto-
rialrath *Bauers* zu Caftell, eine Gefährdtinn meines Le-
bens zu finden, welche das Band der innigften Freundfchaft, das mich längft fchon an ihren würdigen Vater geknüpft hatte, ehe ich *fie* kennen lernte, noch vefter
fchlang, und meine füfeften Träume von Gatten - und
Vaterfreuden in Wirklichkeit verwandelt.

Die

Die Schriften, durch welche ich feit 14 Jahren dem Publikum bekannt geworden bin, die zum Theile das Gepräge der Jugend ihres Verfaffers nur allzufehr an der Stirne tragen, fämmtlich aber nicht fo forgfältig ausgearbeitet find, als ich fie in einer andern Lage, *in welcher mir der Schriftfteller-Erwerb gleichgültig feyn könnte*, würde ausgearbeitet haben, find, mit Weglaffung etlicher Kleinigkeiten, die ich des Anführens nicht werth achte, folgende:

I. Volksfchriften.

Vorlefungen gegen Irrthümer, Aberglauben, Fehler und Misbräuche, in Bethftunden dem Landvolke gehalten. Nürnberg, Grattenauer 1786.

Landwirthfchaftspredigten. Ein Beytrag zur Beförderung der wirthfchaftlichen Wohlfahrt unter Landleuten. Nürnberg, Grattenauer 1788. 1 Theil.

Zweyte verbefferte Auflage. Heilbronn, Clafs 1794.

Landwirthfchaftspredigten, zweyter Theil. Heilbronn am Neckar bey Clafs. 1794.

Der Kinderfreund. Ein' Lefebuch zum Gebrauche in Landfchulen von F. E. von Rochow. Für einen Theil Oberdeutfchlands, befonders für Franken bearbeitet. Nürnberg, Grattenauer 1789.

Zweyte mit Holzfchnitten und Schulgebethen vermehrte Auflage. Ebend. 1791.

Dritte

Dritte, berichtigte, mit noch mehr Holzfchnitten und einem Titelkupfer verfehene Auflage. Ebend. 1795.

Der Schreibefchüler; oder Vorübungen im Brieffchreiben und in andern bürgerlichen Auffätzen, zum Gebrauche in Landfchulen. Nürnberg, Grattenauer 1790.

Veränderte Auflage für's katholifche Deutfchland, Ebendaf. 1790.

Briefmufter für das gemeine Leben, befonders für Bürgerfchulen. Heilbronn, Clafs, 1793.

Zweyte verbefferte Auflage. 1796.

Gefchichte des Dörfleins Traubenheim. Fürs Volk und für Volksfreunde gefchrieben. Nürnberg bey Grattenauer. 1 Theil 1791. 2ter Theil 1792.

Beyde Theile in einer neuen verbefferten Auflage. Ebend. 1794.

Gregorius Schlaghart und Lorenz Richard; oder die Dorffchulen von Langenhaufen und Traubenheim. Ein Erbauungsbuch für Landfchullehrer. Nürnberg bey Felseckers Söhnen. 2 Theile 1795.

Leitfaden beym erften Unterricht in der chriftlichen Religion. Nürnb. Felfsecker, 1795.

Lorenz Richard's Unterhaltungen mit feiner Schuljugend über den Kinderfreund des Herrn von Rochow. Ein Beytrag zur Katechetik, befonders für Schullehrer.

lehrer. Nürnb. Felfsecker. 1 Heft. 1796. (Das 2te Heft unter der Preffe.)

Wilhelm Denkers des jüngern, Hauskalender für feine lieben Nabarsleute. Nürnberg, Grattenauer, 1792. 1793. 1794.

II. Vermifchte Schriften.

Gedichte. Anfpach, Hauelfen. 1784.

Vermifchte, gröfstentheils lyrifche Gedichte. Nürnberg, Grattenauer 1793.

Fabeln und Sinngedichte. Marktbreit, 1787.

Johann Adam Schmerlers Lebensgefchichte. Mit dem Bildnifse des Verftorbenen. Nürnberg, Poch und Schulz 1795.

Viele poetifche und profaifche Beyträge in mehrere Zeitfchriften, mit und ohne Nennung meines Namens; Recenfionen u. f. w.

Kuhn in Schleitz del.

Christoph Gottlieb Steinbeck

geb. 1766

J.C. Bock sc.

Chriſtoph Gottlieb Steinbeck,

des Predigtamtes zu Gera Candidat, und der Naturfor-
ſchenden Geſellſchaft in Jena ordentliches Mitglied – wurde am 26ſten April 1766 in Tieſchitz, einem Dorfe ohnweit Gera, gebohren. Sein Vater *Gottlieb Wilhelm* war
damals Prediger daſelbſt, begleitet aber dieſe Stelle, bis
itzt, ſeit 1776, in dem Hochgräfl. Reuſsplaniſchen Pfle-
geſtädtchen Langenberg. Seine Mutter iſt *Maria Sophia*,
einzige Tochter, Johann Chriſtoph Winklers, geweſenen
Predigers in Schwara, ebenfalls einem Dorfe bey Gera.
Er hat noch 5 Brüder, iſt aber unter ihnen der älteſte
und einzige, der ſich den Studien gewidmet hat. Den
erſten Unterricht, in allen, was jeder vernünftige und ge-
ſittete Menſch wiſſen muſs ſowohl, als in den Elementen
der Sprachen, erhielt er von ſeinem Vater bis ins 13de
Jahr, da er denn, von demſelben, auf das Gymnaſium
nach Gera gebracht, und den Lehrern, der vier obern
Klaſſen, erſt dem Subconrector Heinrici, und dem damahligen Collaborator (itzigen Subconrector) Geitner,
dann dem Conrector Heite, nachher dem Profeſſori Elo-
quentiæ Zeibich, endlich dem verſtorbenen Direktor D.
Hauptmann und, nach deſſen Tode, dem Director Schütze zur weitern Bildung übergeben wurde.

An-

Anfangs, und bis in fein 15des Jahr, war ihm nichts weniger, als das in den Sinn gekommen, dafs er ftudiren wollte, denn fein ganzes Herz hieng an der Handlung, die er daher auch, wenn er in Sprachen und Wiffenfchaften auf dem Gymnafio hinlänglichen Grund darzu geleget hätte, mit vollkommner Einftimmung feiner Aeltern erlernen follte. Allein jener grofe Brand, durch welchen ganz Gera am 18den September 1780 in wenigen Stunden, bis auf ein einziges Haus innerhalb feiner Ringmauern, eingeäfchert wurde, oder vielmehr die *nähere* Verbindung, in welche er dadurch mit einigen Lehrern des Gymnafii nachher kam, machten es, dafs er fich den Wiffenfchaften ausfchlüfslich widmete. So wie nämlich die gefammten abgebrannten Einwohner von Gera, Familienweife, in den benachbarten Städten und Dörfern ihre Zuflucht fuchen mufsten, fo gieng es ganz natürlich auch den Lehrern des eingeäfcherten Gymnafii: auch fie mufsten mit ihren geretteten Habfeligkeiten, Wohnungen auf dem Lande fuchen. Von ihnen fanden nun die beyden vorhin fchon mit erwehnten Schullehrer Zeibich und Geitner diefelben mit offenen Armen, bey feinem Vater in Langenberg.

Damit aber diejenigen Gymnafiaften, welche nicht auf andre Schulen, oder auf Univerfitäten gegangen, fondern noch da waren, doch ebenfalls zerftreuet in der Gegend umher wohnten, und die Wiederaufbauung des Gymnafii abwarten wollten, bis dahin, in ihren Wiffenfchaften, nicht zurückkommen möchten, fo fammlete jeder Lehrer, alfo auch Zeibich und Geitner die zu fich, die

davon

davon in Langenberg sowohl, als in den nächsten Dorf-
schafften wohnten, und gaben ihnen täglich, jeder etliche
Stunden, den vortreflichsten Unterricht, welchen er ganz
natürlich mit beiwohnte — Aufer diesen gaben aber Zeibich
und Geitner ein ganzes Jahr hindurch (denn so lange wohnten sie bei seinem Vater in Langenberg) sich ganz vorzüglich mit ihm ab, indem dieser ihn täglich etliche Stunden
ganz allein, auf eine vortrefliche Art, in Sprachen un-
terrichtete, und jener, auf Spatziergängen, die er, fast
an jedem schönen Tage, zu seiner Zerstreuung, mit ihm
machen musste, aufs wirksamste an seiner Bildung, nicht
nur in Sprachen, sondern auch in Wissenschaften arbeitete,
so dass er es selbst dankbarlichst gestehet, in diesem einzi-
gen Jahre mehr, als die ganze Zeit über, welche er auf
dem Gymnasio zugebracht hat, gelernet zu haben. Diese
beiden würdigen Männer waren es auch, die den Hang
zur Kaufmannschaft in ihm unterdrückten, ihn zum Studiren reitzten, ihn im Herbste 1781 wieder mit nach Gera
aufs Gymnasium nahmen, und, nebst dem seel. D. Hauptmann und dem Direktor Schütze, nachher vollends zu
der Akademie und den höhern Wissenschaften öffentlich
und privatim vorbereiteten.

Unter denselben wählte er die Theologie und gieng,
um sie gründlich, und den Zeitbedürfnissen gemäs, zu
studiren, zu Ostern 1785, nach Jena, wo er beim Hofrath *Ulrich* die gewöhnlichen Philosophica, nach Kanti-
schen Principien, beim Cammerrath *Wiedeburg* reine und
angewandte Mathematik — beim Cammerrath *Succow*,
Naturgeschichte und Naturlehre, beim Professor, Biblio-
theckar

thekar und nachmahligen Hofrath *Müller*, Reichs und Staatengeschichte überhaupt, beim Hofrath *Eichhorn* Universal- und Litteraturgeschichte und kurforische Exegese übers alte und neue Teftament — beim geheimen Kirchenrath *Griesbach* Auslegungskunft, Einleitung ins neue Teftament, kritifche Exegese über dasfelbe, populaire Dogmatik Kirchen- und Reformazionsgeschichte — beim geheimen Kirchenrath *Döderlein*, endlich Dogmatik — Moral — Paftoral — Dogmengeschichte, Homiletik und Geschichte der Theologie hörte. Dies alles bis Oftern 1787, weil häusliche Umftände zu Michaelis jenes Jahres feinem akademifchen Leben fchon das Ziel gefetzet hatten. Traurig genug für ihn. Doch änderte fich, noch vor Pfingften, feine Lage, er wurde hämlich dem verewigten *Döderlein* näher bekannt, erhielt feine Liebe, und mit ihr feine fehr einträchtliche Famulatur, die, neben feinen freundfchaftlichen Leitungen, in ihm den Vorfatz erweckte, wenigftens noch 6 Jahre in Jena zu bleiben und nunmehro Theologie und Philofophie, bis auf ihre tiefften Gründe und äuferften Grenzen zu ftudiren — Allein dies war für ihn ein angenehmer Traum, denn fchon zu Ende des Julius wurde er kränklich, mufte zu Michaelis nach Haufe, wurde (durch den qualvollften Knochenfrafs an der obern Kinnlade) todt krank, lag vorzüglich um Weihnachten 4 ganzer Wochen, für Schmerzen faft ohne Bewufstfeyn, und brachte bis gegen den September 1788 zu, ehe er wieder völlig hergeftellet wurde.

Hierdurch kam er nun ganz natürlich, aus jener vortreflichen Connexion in Jena, fein weiterer Studienplan

war

war alſo geſcheitert, und dies für ihn ein empfindliches Leiden: gröſser aber noch dieſes, daſs er durch jene anhaltende ſchmerzensvolle Krankheit, am Geiſte ſo gelitten hatte, daſs er wieder ein Knabe worden war, ſich, von allen dem, was er bis dahin an Sprachen und Wiſsenſchafften gelernet oder ſtudiret hatte, faſt gar nichts mehr *erinnern*, kaum z. E. Langens Kolloquia mehr *ohne Lexicon* leſen — oder nur eine Definizion von der Theologie noch geben konnte.

Ein trauriger Zuſtand, der ſich gewiſs nur empfinden — nicht beſchreiben läſst — ! Doch brachte es Fleiſs und Anſtrengung, bei der Mithülfe ſeines Vaters dahin, daſs er am Johannistage 1789, wieder zum erſtenmahle, und nachher für denſelben oft und gewöhnlich predigte. Weil er ſich nunmehro aber (indem häusliche Umſtände es nicht erlaubten noch einmahl auf Univerſitäten zu gehen) *ſelbſt* für ſich zum Volkslehrer bilden muſste, ſo konnte er nicht anders, als Zeit und Kräfte ſchonen. Er ſtudirte daher Religion zwar von allen möglichen Seiten, von der Theologie indeſsen nichts weiter, als was er von ihr dereinſt als Volkslehrer zu brauchen überzeugt iſt. Deſto mehr aber *das Volk ſelbſt* — ſeine Fähigkeiten und Bedürfniſse. Bei dieſem Studio bemerkte er nun, unter andern, gar bald, daſs, (da der Kalender ein Buch iſt, das der gemeine Mann täglich in Händen hat, und zu Rathe ziehet, ein Buch, welches den entſchiedenſten Einfluſs auf ſeine Kultur hat —) ihm Belehrung, über denſelben, höchſt nöthig ſei. Er ſtudirte daher ſogleich alle die Wiſsenſchafften, auf welchen der Kalender beruhet oder Bezug hat, nahm daraus, das, was zur richtigen Einficht in das Kalenderwefen gehört, kleidete es ein, und fo entftand (1792) fein *aufrichtiger Kalendermann*, der in 17 Monathen viermahl fehr ftark aufgelegt wurde.

Bei feinen genauen Volksbeobachtungen konnte ihm nicht entgehen, welchen Eindruck die franzöfifche Revoluzion auf das deutfche Volk machte, wie irrig und unvollkommen feine Begriffe über die bürgerliche Gefellfchaft waren. Um diefe nun zu berichtigen, und zu zeigen, dafs alles in der Welt nur nicht Rebellion der Weg zur Erlöfung von bürgerlichen Uibeln fei, fchrieb er 1794 fein *Frei- und Gleichheitsbüchlein.*

Um denen ihr Glück fühlbar zu machen, welche in Ländern wohnen, wo Ruhe und Friede herrfchen, indefs an Deutfchlands Grenzen die Flamme des Krieges tobet — liefs er die Aerndepredigt, die er 1793 für feinen Vater hielt, drucken. Ihre Auffchrift heifst: *Lafst uns Gott dem Herrn danken für das gute Land, das er uns gegeben hat!* und ift bei Heinrich Gottlieb Rothe in Gera zu haben.

Um ferner *unausgefetzt*, nach allen feinen Kräften, an der Bildung des Volks fort zu arbeiten — und dasfelbe zugleich über den jedesmahligen Gang der Zeitgefchichte, auf eine fafsliche und nützliche Art, zu unterrichten, fchreibt er feit Anfange diefes Jahres, eine *aufrichtigdeutfche Volkszeitung* (von welcher der ganze Plan ausführlich im 9ten St. des 1 B. des Reichsanzeigers

von

von diesem Jahre stehet) die den Namen *aufrichtig* deswegen, vorzüglich verdienet, weil sie den Gang der Dinge in der politischen Welt so erzählet, wie er wirklich ist — ohne alle Partheilichkeit — Wöchentlich erscheinen davon 2 Bogen, jährlich kostet sie nicht mehr als 2 Thaler sächsisch oder 3 Gulden und 36 Kr. rheinisch, und ist, durch jedes deutsche Postamt *wöchentlich*, in jeder Buchhandlung *monathlich* zu erhalten.

Aufser diesem ist gegenwärtig (in der Expedizion der deutschen Volkszeitung in Gera) sein *Hundertjähriger Kalender ohne Schnurren* erschienen, der das vollendet, was im aufrichtigen Kalendermanne noch zu vollenden übrig blieb, als zweyter Theil desselben zu betrachten, aber auch für sich allein zu gebrauchen, und in allen Buchhandlungen Deutschlandes zu haben ist.

Unter der Feder hat er einen *beständigen Handkalender* für Gerichtshöfe, Archive, Geschichtsforscher, Kaufleute u. s. w. der in diesem Jahre noch erscheinen, und wenigstens jede Kalender-*Sammlung* entbehrlich machen wird.

Ist dieser vollendet, so wird er, um das Volk auf die Ausrottung der Blattern vorzubereiten, ein Buch in der Manier des aufrichtigen Kalendermannes, schreiben, und in demselben dem Deutschen Volke ganz *begreiflich* machen, dafs es blos auf uns ankommt, ob unsre Kinder künftig Blattern und Masern bekommen, ob überhaupt

haupt *anſteckende* Krankheiten das Menſchengeſchlecht ferner plagen ſollen oder nicht.

Giebt Gott ihm dann noch Leben und Geſundheit,
ſo wird er, mit der Zeit, in eben der Art, auch noch
einen *Volkskatechismus zur vernünftigen Darſtellung des
unverfälſchten Chriſtenthums*, und ein Werk in mehrern
Bändchen, unter dem Tittel: *Licht zum Bibelleſen für
das Volk*, und in demſelben ein Buch liefern, welches
für *ſein* Publikum, *das* werden ſoll, was Eichhorns,
Michaelis, Hezels und anderer Schrifften für das *ihrige*
ſind.